JN207154

かみさまの家出

かみさまのベビーシッター

廣嶋玲子 作
木村いこ 絵

理論社

もくじ

プロローグ

ぼくは大島幸介《おおしまこうすけ》。

ぼくの家族《かぞく》はお父さんとお母さん、そして守り神《まもりがみ》のボンテンです。

ボンテンはとにかくあまえんぼうで、ぼくのことを「乳母《めのと》」とよんで、いつでもどこでも、かまってほしがります。

ぼくはそんなボンテンが大好《だいす》きだけど、最近《さいきん》、ちょっと思ってしまったんです。

ぼくにおねだりするかみさまじゃなくて、ぼくがおねだりできるかみさまだったらよかったのに、って……。

プロローグ

一 かみさま、くらべられました

一　かみさま、くらべられました

夏休みが終《お》わり、新学期《しんがっき》がはじまった。

ひさしぶりの教室に、ひさしぶりに会う友達《ともだち》と、こどもたちはなんだかうかれていた。

「夏休みにどこか行った？」

「うん。海にたくさん行ったよ。そっちは？」

「うう、おれは塾《じゅく》ばっかりだったよ」

「なあ、宿題《しゅくだい》、全部《ぜんぶ》終《お》わった？」

「終《お》わってない。超《ちょう》ピンチ……」

「せっかくお祭《まつ》りに行ったのに、おこづかいがたりなくて、全然《ぜんぜん》遊《あそ》べなかったんだよ。ああ、もっとお金があったらなあ」

「今度《こんど》、たからくじ買ってみたら？」

「わあ、そのかみどめ、かわいい！」

「でしょ？　いなかのおばあちゃんが作ってくれたんだ。りおちゃんは……なんか、かみがたが変《か》わったね」

「言わないで！　美容院《びよういん》に行ったら、こんなかみがたにされちゃったの！　もう大失敗《だいしっぱい》よ！」

夏休み前とまったく同じように見える子もいれば、ちょっとふんいきが変《か》わったり、大人っぽくなったりしている子もいた。

でも、いちばん変《か》わっていたのは、たぶん、上平知己《かみだいらともき》だ。

前はおとなしくて、おずおずと笑《わら》っているだけの少年だったのに、今はみょうにふんぞりかえっていて、自信《じしん》に満《み》ちた顔つきと態度《たいど》をしている。その話しかたも、なんだかいばっていた。

「へえ、雄一君《ゆういちくん》、まだ宿題《しゅくだい》が終《お》わってないんだ。ぼくなんか、夏休みが始《はじ》まってすぐに終《お》わらせられたよ。このままじゃ、君《きみ》、おこられるよね？　そうなったら、かわいそうだから、ぼくがなんとかしてあげようか？」

「おこづかいが少ないなんて、よう君《くん》はかわいそうだね。ここんとこ、ぼくは全然《ぜんぜん》お金にこまってないけど、ほしいものが買えないって、つらいよね。気持《きも》ちはわかるよ。でも、だいじょうぶ。ぼくに相談《そうだん》してくれれば、解決《かいけつ》してあげるよ」

「たしかに、そのヘアカットは失敗《しっぱい》だね。君《きみ》に全然《ぜんぜん》似《に》合《あ》ってないよ。でも、ぼくが助《たす》けてあげてもいいよ」

他《ほか》の子《こ》達《たち》の話の輪《わ》にわりこんできて、聞いてもいないことをべらべらとしゃべる知己《ともき》に、クラスのみんなはとまどってしまった。

幸介《こうすけ》も目をぱちくりさせていた。

と、知己《ともき》が幸介《こうすけ》に気づき、近づいてきた。その目はなんだかぎらついているようだった。

「幸介君《こうすけくん》、ひさしぶり。元気だった？」

「う、うん。とも君《くん》はなんか……変《か》わったね」

「そりゃそうさ。前のぼくと同じだと思っちゃこまるよ。……ねえ、君《きみ》のところには守《まも》り神《がみ》がいるって、前に言ってたよね？」

「ボンテンのこと？」

「そう。でも、なかなかお願《ねが》いごとをかなえてくれないんだろ？　いままでもそうなの？　それとも、夏休み中になんかかなえてもらえたの？」

「ううん。でも、かみさまになんでもお願《ねが》いするのはよくないことだし……」

「それはちがうね」

知己《ともき》が強い口調《くちょう》で、幸介《こうすけ》の言葉《ことば》をさえぎってきた。

「かみさまは人間のお願《ねが》いごとをかなえるためにいるんだ。人間を幸《しあわ》せにすることが、かみさまの役目《やくめ》なんだ。だから、人間はじゃんじゃんかみさまに願《ねが》いごとをするべきなんだよ」

幸介《こうすけ》はあっけにとられてしまった。

かみさまは人間のお願《ねが》いごとをかなえるためにいる。

それは、ボンテンが前に教えてくれたこととは、正反対《せいはんたい》の言葉《ことば》だった。

われに返《かえ》るなり、幸介《こうすけ》は思わず声を大きくして言い返《かえ》した。

「ちがうよ！　かみさまはがんばっている人間に最後《さいご》のひとおしをしてくれるためにいるんだ！　努力《どりょく》もしないで、お願《ねが》いごとをしても、かなえてなんてくれない！」

「へえ、それって、君《きみ》の守《まも》り神《がみ》がそう言っていたのかい？」

「そうだよ！」

「ふうん。そんなうそを信《しん》じるなんて、幸介君《こうすけくん》はばかだなあ」

にへらと、知己《ともき》はいやな笑《わら》いをうかべた。

「うそ？」

「うん。君《きみ》の守《まも》り神《がみ》が願《ねが》いごとをかなえてくれないのは、力が弱いからだ。でも、力がないことを知られたくないから、うそをついたのさ」

「ちがう！　ボンテンはうそなんか……だ、だいたい、どうして、そんなこと思うのさ？」

「教えてもらったんだよ。ぼくの守《まも》り神《がみ》にね」

「とも君《くん》の？」

びっくりする幸介《こうすけ》に、知己《ともき》は笑《わら》いながら大きくうなずいた。

「そうだよ。ぼくも自分の守《まも》り神《がみ》を手に入れたんだ。ほら、ここにいらっしゃる！」

知己《ともき》はポケットからさっと、小さなものを出してきた。

それはふた付《つ》きのつぼだった。

大きさは、ちょうどたまごくらい。

色は真《ま》っ黒《くろ》だが、ぎらぎら光る金色の小判《こばん》のもようが一面《いちめん》についている。

「キンラ様《さま》。キンラ様《さま》。幸介《こうすけ》君《くん》にちょっと顔を見せてやってください」

知己《ともき》がよびかけると、つぼのふたがカタリと動《うご》き、中から金の目がふたつ、ちょろりとあらわれた。

目はすぐにまたひっこんでしまったが、知己《ともき》のじまん話はとまらなかった。

「キンラ様《さま》とは、夏休み中に出会ったんだ。その時、ぼくはコンビニでおかしを買おうとしてさ、お金が足りなくて、『やっぱりいりません』って、レジの人に言わなくちゃいけなかった。すごくはずかしくて、いやな気分になって、家に走って帰ろうとしたら、コンビニの外にあるゴミ箱《ばこ》の後ろから、小さな声がしたんだ」

知己《ともき》が思わずゴミ箱《ばこ》の後ろをのぞきこんだところ、そこには小さなつぼがあったという。そして、その中に、キンラ様《さま》がいたのだ。

びっくりする知己《ともき》に、キンラ様《さま》は話しかけてきたという。

「わがはいは幸運《こううん》の神《かみ》キンラ。おまえのことが気に入ったから、守《まも》り神《がみ》になってやろう。わがはいを家に連《つ》れかえっておくれ。そうすれば、もう二度《ど》と、そなたはみじめな思いやはずかしさを味《あじ》わうことはないだろう」

こくご

その言葉《ことば》は本当だったと、知己《ともき》は鼻息《はないき》をあらくしながら言った。

「本当にすごいかみさまなんだ。なんだってかなえてくれるんだ。宿《しゅく》題《だい》をまかせたら、朝になったら全部《ぜんぶ》できてたし、それに、幸運《こううん》もまねいてくれる。キンラ様《さま》が来てくれてから、コレクションメダルもゲームカードもレアなものばかり当たるし、ごほうびやおこづかいがもらえるようなことがたくさん起《お》きるし。おかげで、ぼく、毎日がめちゃくちゃ楽しいんだよ！」

ここで、幸介《こうすけ》達《たち》のやりとりに聞き耳を立てていた他《ほか》の子《こ》達《たち》が、がまんできないとばかりにわりこんできた。

「ねえねえ、それ本当？」

「幸介《こうすけ》の話だと、守《まも》り神《がみ》って、お世話《せわ》が大変《たいへん》ってイメージがあったけど、キンラ様《さま》はそうじゃなさそうだな」

「知己君《ともきくん》のかみさまなら、あたしもほしいかも」

「さっき、おれのこと、助《たす》けてくれるって言ったけど、もしかして、そのかみさまの力を使《つか》ってくれるのか？」

「あたしもかなえてほしいお願《ねが》いがあるんだけど、キンラ様《さま》にたのんでもらえない？　お願《ねが》い！」

「ぼくもどうしてもほしいレアカードがあるんだ！　当たるようにしてくれない？」

いいよ、と、知己《ともき》はそっくりかえりながら、うなずいた。

「じゃ、まずは雄一君《ゆういちくん》から。宿題《しゅくだい》がピンチなんだっけ？　キンラ様《さま》。雄一君《ゆういちくん》の宿題《しゅくだい》、なんとかしてやってください」

ちゃりん。黒いつぼの中から、お金がふれあうような音がひびいてきた。

「うん。これで願《ねが》いはかなったはずだよ」

「ほんとか？ す、すげえ。ありがと、キンラ様《さま》！ 知己《ともき》もありがとな！」

「知己君《ともきくん》！ 次《つぎ》、ぼく！」

「ちがう！ あたしよ！」

「わたしもお願《ねが》い！」

わいわいさわぐクラスメート達《たち》に、知己《ともき》は笑《わら》いながら言った。

「そんなにあせらなくても、だいじょうぶだよ。みんなのお願《ねが》いをかなえてあげるから。なにせ、ぼくのキンラ様《さま》は、幸介《こうすけ》のところの役立《やくた》たずのかみさまとは、全然《ぜんぜん》ちがうからね」

いつのまにか、幸介《こうすけ》のことをよびすてにする知己《ともき》。その勝《か》ちほこったすがたに、幸介《こうすけ》はむねがもやもやした。

でも、どうしてもやもやするのか、自分でもわからなかった。

それがわかったのは、学校が終《お》わり、家に帰ってからだった。

「ただいま」

幸介《こうすけ》がげんかんの戸を開《ひら》いたところ、家の中から、ぴょーんと、ボンテンが飛《と》びついてきた。

「おかえり、乳母《めのと》！　待《ま》っていたぞよ！　さ、遊《あそ》ぼう！　ボール遊《あそ》びがしたいのじゃ！」

「いや、ちょっと待《ま》ってよ。外が暑《あつ》かったから、ぼく、のどがからからなんだ。まず麦茶を飲《の》ませてよ」

「おお、それではわれにもミルクを飲《の》ませておくれ。あ、やっぱりアイスココアがよいのじゃ！」

「ココアなら、朝、飲《の》んだよね？　一日一ぱいの約束《やくそく》だろ？」

「やじゃやじゃやじゃぁ！
ココアが飲《の》みたいのじゃぁ！
バニラアイスを
たっぷりのせた
ココアを、
われの心が
求《もと》めておるの
じゃあああ！」
ゆかをころがり、
じたばたと手足を
ばたつかせてさわぐ
ボンテンに、幸介《こうすけ》は

根負《こんま》けしてしまった。

そして、そのあと、お母さんに「またボンテン様《さま》をあまやかして！ココアを飲《の》んだら、夕ごはんが食べられなくなるって、わかっているでしょ？」と、しかられた。

しかられて、しかられたのだ。

むっとした幸介《こうすけ》は、思わず知己《ともき》とキンラ様《さま》のことを思いうかべた。

知己《ともき》のたのみをなんでもほいほいと聞いてくれるというキンラ様《さま》。なんとなくよくないなと思うのに、「うらやましい」とも思ってしまう。

「ボンテンももう少し、ぼくのたのみを聞いてくれればいいのに。キンラ様《さま》がうちの守《まも》り神《がみ》だったら……どんなだったかな」

そんなことを思ってしまう自分が、幸介《こうすけ》はとてもいやだった。

二 かみさま、きらわれました

二　かみさま、きらわれました

次《つぎ》の日の学校では、知己《ともき》がみんなにかこまれ、ほめちぎられていた。

「宿題《しゅくだい》、やってなかったけど、先生におこられなかったよ！」

「レアカード、ほんとに当たったんだ！　めちゃくちゃうれしい！」

「わたしのお願《ねが》いもかなったの！　ほら、見て！　昨日《きのう》、お母さんの友達《ともだち》の美容師《びようし》さんが遊《あそ》びに来て、わたしのかみを切り直してくれたの。かわいくなったでしょ？　キンラ様《さま》って本当にすごいね！」

そんなことありえないと、昨日《きのう》は願《ねが》いごとをしなかった子達《こたち》も、「知己《ともき》くーん」と、ねこなで声ですりよっている。

ちやほやされて、知己《ともき》は「当然《とうぜん》さ」と鼻高々《はなたかだか》のようすだ。

でも、それでいて、なぜかイライラもしているようで、かたかたとびんぼうゆすりをしたり、足のつま先でつくえのあしをけったりしていた。

と、雄一《ゆういち》が目をきらきらさせながら、知己《ともき》に言った。

「な、知己《ともき》。おれ、今、ほしいものがあるんだけど」

「いいよ。キンラ様《さま》に伝《つた》えてあげる。ただし、今度《こんど》からはお金をはらってもらうよ。ひとつのお願《ねが》いにつき、五百円ね」

知己《ともき》の言葉《ことば》に、雄一《ゆういち》も他《ほか》の子達《こたち》も目を丸くした。

「え、お金とるの？」

「うん。言っとくけど、ぼくがほしいわけじゃないよ。キンラ様《さま》にさしあげるのさ。そうしないと、キンラ様《さま》はうまく力が出ないんだよ」

「でも、昨日《きのう》はただだったのに」

「あれはお試《ため》しだったからさ。一度《いちど》きりのキンラ様《さま》のサービスだったんだよ」

「……」

「お金がおしいなら、お願《ねが》いごとをしなければいいだけさ。でも、望《のぞ》みがかなうなら、五百円くらいどうってことないって、ぼくは思うけどな。ちがう？」

知己《ともき》は挑戦的《ちょうせんてき》な目つきで、みんなのことをねめまわした。その気迫《きはく》に、みんなはしぶしぶうなずいた。

「いいわ。わたし、お金はらう。どうしてもほしいライブのチケットがあるんだもん」

「おれも。今は金を持《も》ってないから、明日はらうよ。約束《やくそく》する。だから、今、キンラ様《さま》にたのんでくれない？」

「いいよ。でも、ぜったいに明日、お金を持《も》ってくるんだよ。もし、約束《やくそく》をやぶったら、キンラ様《さま》の罰《ばち》が当たるからね」

「……罰《ばち》って、どんな？」

「一か月、ずっとおそろしいゆめに苦《くる》しめられる罰《ばち》だよ」

「まじかよ。こええ」

「約束《やくそく》を守《まも》ればいいんだから、べつにこわくないよ。ほら、願《ねが》いごとを言いなよ」

さて、幸介《こうすけ》はというと、自分の席《せき》について、知己達《ともきたち》のほうをできるだけ見ないようにしていた。

みんなが知己《ともき》と知己《ともき》の守《まも》り神《がみ》をちやほやしようと、自分には関係《かんけい》ない。自分はああはならない。

本当は少し気になるけど……、いや、気にしない気にしない！

「ぼくには、ボンテンがいるんだから」

そう自分に言い聞かせていたときだ。知己《ともき》がこちらに近づいてきた。その顔にはまたいやなニヤニヤ笑《わら》いがうかんでいた。

「幸介《こうすけ》、きみもたのみがあるなら言いなよ。みんなと同じで、一回目はただにしてあげるから。きみの守《まも》り神《がみ》はなんにもやってくれないから、大変《たいへん》だろ？」

幸介《こうすけ》を、ボンテンを、ばかにしているような言い草に、幸介《こうすけ》はかっとなった。

「そんなことないよ！　ボンテンだって、りっぱなかみさまなんだから！」

「じゃあ、聞くけど、ボンテン様《さま》は幸介《こうすけ》になにをしてくれたのさ？」

「うちを……にぎやかにしてくれてるよ。そりゃ、お世話《せわ》は大変《たいへん》だけど、ボンテンのおかげで、うちは毎日、笑《わら》いでいっぱいなんだ」

「そんなの、テレビでお笑《わら》いを見るのと変《か》わらないよ。あ〜あ、かわいそうな幸介《こうすけ》。キンラ様《さま》もきみのことを気のどくがってるよ。だから、とびきりの幸運《こううん》をさずけてあげたいんだって。すてきだろ？　ほら、早くキンラ様《さま》にお願《ねが》いごとをしなよ」

「いらない！　ぼく、願《ねが》いごとなんてないから！」

おこってそっぽをむく幸介《こうすけ》に、知己《ともき》はふんと鼻《はな》を鳴らした。

「きみもけっこうがんこなんだね。ま、いいや。たのみたいことがあったら、いつでも言ってよ。ぼくもキンラ様《さま》も優《やさ》しいからね」

そう言って、知己《ともき》はまたみんなのところへもどっていってしまった。

知己《ともき》とキンラ様《さま》のことは、たいへんなひょうばんとなった。うわさを聞きつけ、他《ほか》のクラスの子達《こたち》すら、知己《ともき》のもとにお願《ねが》いごとにやってくるようになったのだ。

知己《ともき》がお金をとるようになっても、その数はへるどころか、ふえる一方。中には、「これをあげるから、順番《じゅんばん》をくりあげてよ」と、知己《ともき》におかしやちょっとしたプレゼントをわたす子さえ出てきた。

お願《ねが》いしたことは必《かなら》ずかなうので、どうしても早く自分の番が来てほしくなってしまうのだろう。

そう。キンラ様《さま》の力はかんぺきだった。

そして、願《ねが》いがかなったとよろこぶ子《こ》達《たち》を横目《よこめ》でながめながら、幸介《こうすけ》はひたすらがまんしていた。

自分にはボンテンがいる。なのに、どうしてもキンラ様《さま》のことが気になってしまう。

ちょっとだけなら、一度《いちど》だけなら……いや、だめだ！

よそのかみさまにお願《ねが》いごとなんてしてはだめだ。いま、すごくほしいプラモデルがあるけど、でも、だめ。ぜったいにだめ！

でも、がまんをしつづけるということは、なかなかつらいことだ。

おまけに、さらにいやなことに、そんな幸介《こうすけ》を、みんなはだんだんとばかにし、からかうようになってきた。

「まだがまんしてるの？」

「ばかみたい。早くキンラ様《さま》にたのめばいいのに」

「なあ、幸介《こうすけ》。キンラ様《さま》、めっちゃいいよ。一度《いちど》たのんでみなよ」

「べつに悪《わる》いことじゃないって。だって、ボンテン様《さま》がなにもしてくれないんだから。キンラ様《さま》にお願《ねが》いごとをしたって、それはしょうがないことじゃん」

キンラ様《さま》にお願《ねが》いごとをしないのは、おかしなこと。

そう言わんばかりのふんいきにつつまれ、幸介《こうすけ》はいたたまれなかった。

だから、毎日、学校から帰るときには、つかれはてていた。そんな幸介《こうすけ》に、ボンテンはようしゃなく飛《と》びつき、あまえ、かまってもらおうとするのだ。

「遊《あそ》んでおくれ、乳母《めのと》！」

「乳母《めのと》……おしっこ、ちょっとちびってしまったのじゃ」

「わああん！　だっこぉ！」

「おやつ、おくれ」

「これ、乳母《めのと》。もっとわれを見るのじゃ！　見て、ほめたたえるのじゃ！　すごいと言っておくれ」

ぴいぴい、きゃあきゃあ。

いつも元気で、しつこいくらいあまえんぼうのボンテンの相手《あいて》をするのは、つかれている幸介《こうすけ》にはきついものだった。

ボンテンのことが大好《だいす》きという気持《きも》ちと、そのわがままっぷりをにくらしく思う気持《きも》ちとが、心の中でぶつかりあい、いっそうヘトヘトになってしまうのだ。

そして、ついに、特大《とくだい》のばくだんが落《お》とされた。

その日、幸介《こうすけ》が学校から帰ると、めずらしくボンテンがむかえに出てこなかった。おくでテレビでも見ているのかと思いきや、そういう気配《けはい》もない。

幸介《こうすけ》はぴんときた。これまでにも、何度《なんど》かこういうことはあった。ボンテンが出てこないということは、きっと、なにかとんでもない失《しっ》敗《ぱい》をしたにちがいない。

幸介《こうすけ》は大急《おおいそ》ぎで自分の部屋《へや》にとびこんだ。

「うわっ！」

思わず声をあげてしまった。

こつこつ集《あつ》めて、自分で組み立て、大事《だいじ》にたなにかざっていたプラモデルのコレクションが、めちゃくちゃになっていたのだ。

いくつかはゆかに落《お》ちて、バラバラになっていた。

あまりのことにぼうぜんとしていると、ふいに弱々《よわよわ》しい声が後ろから聞こえてきた。

「め、乳母《めのと》……ごめんなのじゃ」

ふりかえれば、ボンテンがドアのところにいた。体をできるだけかくすようにしながら、こちらを見ている。

そのすがたを見たとたん、幸介《こうすけ》は頭に血《ち》がのぼった。

「ボンテン！」

「ちがう！　わ、わざとではないのじゃ！　もう少しだけ近くで見てみたくて、たなにのぼっていただけなのじゃ。そのとき、外から大きな音がして、その、びっくりしたひょうしに、手があたってしまって……わ、われはこんなことをしたかったわけでは……」

「そうじゃないだろ！」

「ひえ！」

ボンテンのいいわけは、火に油《あぶら》をそそぐようなものだった。

ますますいかりながら、幸介《こうすけ》はボンテンをどなりつけた。

「前から何度《なんど》もだめだって言ったよね？　このたなにあるものにはぜったいにさわらないでって。近づいたり、たなに乗《の》るのもだめだっ

て。なんでそのくらいのこと、守《まも》れないいんだよ？　ぼくのたからものをこわして、そんなに楽しいか！」

「ぴっ！　……うぐっ。ぐずっ」

ボンテンの目になみだがうかぶのを見ても、幸介《こうすけ》はなにも感《かん》じなかった。だから、今度《こんど》は冷《ひ》ややかにはきすてた。

「泣《な》けばすむと思ってんだろ？　前に、ぼくの作りかけのパズルをこわしたときもそうだったよね？　本当は悪《わる》いなんて思っていないから、同じようなことをくりかえすんだ。ああ、もううんざりだよ！　ほんと、やになる！　なんで、うちの守《まも》り神様《がみさま》はこんなのなんだろう。幸運《こううん》をくれるどころか、ひどいことばっかり。……他《ほか》のかみさまのほうがよかったたな」

そのしゅんかん、ボンテンはこおりついたようにかたまった。

と、全身《ぜんしん》の白い毛がぶわっとさかだち、まるでハリセンボンのように大きくふくらんだ。

泣《な》きながらボンテンはわめいた。

「言うたな！　決《けっ》して言うてはならぬことを、今、言うたな！」

「い、言ったよ！　それがどうしたんだよ！　本当のことじゃないか！　ぼくは悪《わる》くない。悪《わる》いのはいつだってボンテンだ！　そうじゃないか！」

「われは悪《わる》くない！」

「じゃ、役立《やくた》たずだ！」

「ぴぎぃぃぃぃっ！」

売り言葉《ことば》に買い言葉《ことば》で、幸介《こうすけ》とボンテンはしばらくひどい言葉《ことば》を投《な》げつけあった。

あまたれ！
おこりんぼー
どじ！！
いびき、うるさい！！
まぬけ！！
わがまま神！
トイレが長い！
乳母牛格！
おならがくさい！
そっちこそくさい！

やがて、ボンテンが地団駄《じだんだ》をふみながら、さけんだ。

「もうよい！　われ、家出する！　乳母《めのと》がちゃんとあやまるまで、二度《にど》ともどらぬ！」

そうさけぶなり、ボンテンはまどのところに立った。そして、ちらっと、こちらをふりむいた。たぶん、幸介《こうすけ》によびとめてもらいたかったのだろう。

が、幸介《こうすけ》にはそんなつもりはまったくなかった。

「家出したいなら、どうぞ。出ていけばいいよ」

「きいいいいっ！」

おこった声をあげ、ボンテンは今度《こんど》こそまどから飛《と》びだしていってしまったのだ。

幸介《こうすけ》はもちろん追《お》いかけなかった。

「ボンテンが家出？　ふん、五分で帰ってくるさ。おくびょう者《もの》だもん。……ぼくは悪《わる》くない。ボンテンがあやまるべきだ」

そうつぶやきながら、幸介《こうすけ》は

ちらかったプラモデルを

ひろいあげはじめた。

三 かみさま、家出しました

家をとびだしたボンテンは、ひたすら耳を羽ばたかせ、飛《と》びつづけた。いつもなら飛《と》ぶとすぐにつかれてしまうのだが、今日はいかりが強すぎて、つかれなど感《かん》じなかった。

「いくらなんでもあんまりじゃ！　たしかに、われは悪《わる》かったのじゃ！　ぷらもでえるをこわしてしまったのは、本当によくなかったことじゃ！　でも、あのようなことを乳母《めのと》に言われるなんて！　ううっ！　ひどい！　絶対《ぜったい》にゆるしてやらぬのじゃああああ！」

なみだをちらしながら飛《と》びつづけ、夕ぐれ時に、ようやく目指《めざ》す場《ば》所《しょ》にたどりついた。

それはカレー屋《や》さんだった。「火吹《ひふ》きカリーハウス」というかんばんがかけられ、赤と金のほのおのもようがついたのぼりがお店の前ではためいている。

おいしそうなカレーのにおいが外にもあふれていて、ボンテンはぐうっとおなかが鳴ってしまった。

ボンテンだけではない。夕食時ということもあって、通りすがりの人達《ひとたち》もみんなおなかが空いているのだろう。カレーのにおいにすいよせられ、お店の中に入っていく人もたくさんいた。

そんなお客《きゃく》さん達《たち》にまじって、ボンテンはこっそりお店に入った。中は大にぎわいしていた。カウンターのおくにあるキッチンでは、ひげをはやしたおじさんと、ふくよかなおばさん、そして大学生くらいのわかいお兄さんが、頭にタオルをまいて、あせをかきながら、いくつものカレーの大なべをかきまわしている。

高校生くらいのお姉さん、そして幸介《こうすけ》と同い年くらいの女の子が、店の中を小走りで動《うご》き回り、注文《ちゅうもん》をとったり、お水やできたカレーラ

イスをお客《きゃく》さんに
運《はこ》んだりしている。
「地獄《じごく》カレー、
かれえええっ！」
「天国カレー、
おまちどおさま！」
「すみません。
お水ください」
「やっぱりここの
火《ひ》吹《ふ》きカレーは
最高《さいこう》っす！」
わいわい、がやがや。

活気に満《み》ちたお店の中は、まるでスパイスに満《み》ちたカレーのよう。ボンテンはちょっと圧倒《あっとう》されてしまった。と、キッチンのおじさんの肩《かた》に乗《の》っていた小さな守《まも》り神《がみ》が、ボンテンに気づいた。

赤毛の山猫《やまねこ》のような顔をしたこの守《まも》り神《がみ》は、ヒマロという名前だ。前に、ボンテンといっしょに神様《かみさま》の合宿《がっしゅく》に参加《さんか》して、それ以来《いらい》、なかよくなったのだ。

「あれ？　ボンテンじゃないか！」

「ヒマロどの、おひさしぶりじゃ。高山ご一家も、みんな、お元気そうじゃな」

「ああ、みんな元気さ。それにしても、よく来てくれたな。あれ、ひとりなのか？　乳母《めのと》はどうしたんだ？」

「あのような無礼者《ぶれいもの》、われの乳母《めのと》ではないのじゃ！」

思わずさけぶボンテンに、ヒマロは金色の目をしばしばさせた。

「……なんかあったみたいだな。すぐに話を聞いてやりたいけど、今はかきいれ時で、おれはキッチンをはなれられないんだ。親父どののこのカレーは、仕上《しあ》げの火かげんが命《いのち》なんだ。今、おれが目をはなしたら、だいなしになっちまう」

「あいかわらず、お手伝《てつだ》いをがんばっているのじゃな」

「ただの手伝《てつだ》いじゃないぞ。守《まも》り神《がみ》としての仕事《しごと》だ。おれの火の力は、ここの店を助《たす》けるためにあるんだから。ま、カレーでも食べながら待《ま》っててくれよ。なにがいい？」

おなかがぺこぺこだったこともあり、ボンテンはえんりょなくその言葉《ことば》にあまえることにした。

「では、あまったれカレーを所望《しょもう》するのじゃ」

「あいよ。おふくろ殿《どの》、あまったれカレー、ひとつ！おれの友達《ともだち》に、大もりでたのむよ」

「はーい」

おばさんが元気よく答えている間に、ボンテンはひとつだけ空いていたカウンター席《せき》によじのぼった。

と、女の子が水を運《はこ》んできてくれた。

「いらっしゃい、ボンテンちゃん。はい、どうぞ。カレーもすぐに来るはずだから、ちょっと待《ま》っててね」

「かたじけない、まひるどの」

「とんでもない。いつもうちのヒマロとなかよくしてくれて、ありがとうね」

女の子は、高山まひる。ヒマロの乳母《めのと》なのだ。まひるのほんわりとした笑顔《えがお》に、ボンテンは気分がよくなった。

「じつによい子なのじゃ。れいぎ正しくてやさしくて。うちの乳母《めのと》とは月とすっぽんなのじゃ」

ここでボンテンのカレーライスが運《はこ》ばれてきた。

この「火吹《ひふ》きカリーハウス」は激辛《げきから》カレーが名物《めいぶつ》なのだが、「あまっ

たれカレー」だけはとてもあまくマイルドな味《あじ》なので、ボンテンや小さな子でも食べられるのだ。

　ボンテンはさっそく食べはじめた。

「うまし！　じつにうまし！　これはやはり、うちでは食べられぬものじゃ！　いや、うちの母上どののカレーもおいしいが、それとはまた全然《ぜんぜん》ちがう味《あじ》わいぶかさじゃ！　うまうまうまっ！」

　感激《かんげき》の声をあげながら、ボンテンは大もりカレーをぜんぶ食べきってしまった。

　と、タイミングよくヒマロがやってきた。

「よう、うちのカレー、うまかったか？」

「おいしかったのじゃ！　すばらしかったのじゃ！　やはり、ここのカレーは本当においしいのぅ」

「へへ。そう言ってもらえるのが、おれたちはいちばんうれしいんだ。そのためにがんばっているわけだし。で、今日はどうしたんだ？」

「うっ……す、すまぬが、しばらくとめてもらえぬか？」

「え？」

「じつは……」

ボンテンは何があったかを打《う》ち明けた。もちろん、自分が悪《わる》かったことはできるだけ話さず、幸介《こうすけ》がひどいことを言ったと何度《なんど》もくりかえした。

ヒマロはとても同情《どうじょう》したようだった。

「他《ほか》のかみさまがよかっただなんて……そいつはひどいな。でも、幸《こう》介《すけ》はどうしちまったんだろう？　そんなことを言う子には思えないんだけどなあ」

「……」

「まあ、そんなことを言われたら、ボンテンが頭にくるのも無理《むり》はない」

「そうであろう?」

「うん。いいよ。そういうことなら、好《す》きなだけうちにとまればいい。みんなには、あとでおれから話しておくから」

「ありがとうなのじゃ!」

「ああ。こまった時はおたがいさまだからな。そんな乳母《めのと》がいる家に、帰りたくないって気持《きも》ちはわかるし。そうだ。なんだったら、ボンテンのほうから今の家を見かぎってやればいいんだ」

「み、見かぎる……」

ごくりと、ボンテンはつばをのみこんだ。

「あの家族《かぞく》を見すてて……別《べつ》の家の守《まも》り神《がみ》になれと？」

「守《まも》る価値《かち》がない家にいても、しょうがないだろ？　な、そうしちまえよ」

「う、うむむ……」

ボンテンをけしかけるヒマロに、そばを通りかかったまひるがやんわり言った。

「そんなこと言わないの、ヒマロ。ボンテンちゃん、あまりヒマロの言うことを気にしちゃだめよ。ヒマロはすぐにかっとなって、後先考えずにいろいろやっちゃうんだから」

「それのどこがいけないって言うんだ？」

「だって、いつもそれで失敗《しっぱい》しているでしょ？」

まひるにつっこまれ、ヒマロはてへっとベロを出した。

「それもそうだ。うん、ボンテン。今、おれが言ったことはわすれていいぞ。とにかく、ゆっくり考えればいいさ。おっと、おれ、また手《て》伝《つだ》いに行かないと。店が終《お》わるのは、まだ先だから、二階《にかい》のまひるの部屋《へや》に行っていたらどうだい？　マンガとかおもちゃがあるから、たいくつしないはずだ」

「いや、お世話《せわ》になる身《み》で、われだけ休んでいるのはよくないと思うのじゃ。われも何かお手伝《てつだ》いする」

「おお、そいつは助《たす》かる。じゃ、火の番はできるか？」

「……われ、熱《あつ》いのは苦手《にがて》じゃ」

「それじゃ、皿《さら》あらいは？」

「……前に、お皿《さら》を十まいほどわってしもうて、母上から二度《にど》と皿《さら》あらいはしなくてよいと言われた」

「うーん。そいつはこまるな。……おまえ、甘《あま》え神《がみ》だろ？　そのあまえ上手を、あま口のカレー作りに活かすことって、できないのか？」

「……われのキッスを、カレーに入れてみてはどうか？」

「そいつはだめだ。ふけつだ」

「なっ！　われはいつだってせいけつじゃ！」

「そういう問題《もんだい》じゃない！　とにかく、だめだ！」

あれもだめ。これもだめ。

自分が何もできないことに、ボンテンは体が小さくちぢんでいく気持《きも》ちがした。

でも、ようやくうってつけのお手伝《てつだ》いが見つかった。

ゆでたまごのからむきだ。

「たまごのからむきなら、われ、とくいなのじゃ！　なにしろ、たま

ごはわれとすがたがにているからのぅ。かわいくて、大事《だいじ》に思えるから、つるりと、きれいにむけるのじゃ！」

「そりゃいい。じゃ、とりあえず百こ、たのんだ」

「ひゃ、百こ？　じょうだんであろう？」

でも、じょうだんなどではなかったのだ。

どどーんと、大量《たいりょう》のゆでたまごを前にして、ボンテンは絶句《ぜっく》してしまった。とはいえ、自分からお手伝《てつだ》いしたいと言ったのだから、いまさらことわれない。

キッチンのすみにすわりこみ、黙々《もくもく》とからをむきはじめた。

その間も、お店には次々《つぎつぎ》とお客《きゃく》さんがやってきて、高山一家は大いそがしだ。

ヒマロも、なべを見ては、火かげんを調整《ちょうせい》していき、ほとんど休ま

ない。

そんなにいそがしいのに、一家の顔ははつらつとしていた。みんなでがんばっているすがたは、ボンテンの心にひびくものがあった。

ボンテンはうらやましさがこみあげてきた。

「われには……ああいう家族《かぞく》がふさわしいのじゃ。大島家《おおしまけ》がわれにとってふさわしいと、ずっとずっと思うておったが……。ああいう家《か》族《ぞく》を、新たにさがすべきであろうか」

そのつぶやきは、だれの耳にもとどくことはなかった。

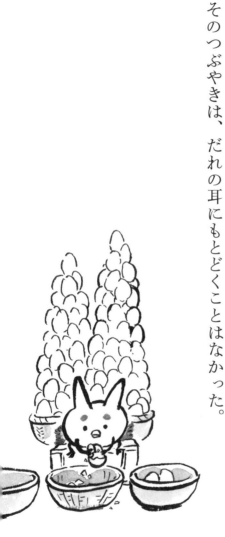

四 かみさま、こばまれました

四　かみさま、こばまれました

その夜は、幸介《こうすけ》にとってひじょうに長いものとなった。家出すると言って、家から飛《と》びだしていったボンテン。すぐに帰ってくると思いきや、夕方になっても、夜になっても、もどってこなかったのだ。

幸介《こうすけ》はむねが重苦《おもくる》しくてたまらなかった。自分が言った言葉《ことば》のせいで、ボンテンが家出したとわかっていたから、なおさらだ。

それでいて、まだいかりもしつこくくすぶっていた。

外が暗《くら》くなってきた時、お母さんは「ボンテン様《さま》をさがしにいこう」と言った。

「けんか両成敗《りょうせいばい》よ。幸介《こうすけ》にもわるいところはあったんでしょ？　だから、もうおこらないの。ほら、ボンテン様《さま》だって、いまごろ幸介《こうすけ》がさがしにくるのを待《ま》っているはずよ」

だが、その言葉《ことば》に、幸介《こうすけ》はいっそう意地《いじ》になった。

「やだよ！　そうやって、いつもこっちが心配《しんぱい》するから、ボンテンはいい気になっちゃうんだよ。悪《わる》いことをしたくせに、ボンテンは勝手《かって》に出ていったんだ。だから、ほうっておけばいいんだ。さがしにいったりしたら、あやまれって言ってくるに決《き》まってる。でも、ぜったいにあやまるもんか！　ぼくは悪《わる》くないんだから」

意地《いじ》をはる幸介《こうすけ》に、お母さんはあきれたようにため息《いき》をついた。

「そうは言っても……やっぱり心配《しんぱい》よ。幸介《こうすけ》だって、ほんとはそうなんでしょ？」

「ちがう！　心配《しんぱい》なんかしてない！　とにかく、ぼくはさがしにいかないから！」

がんこに言いはる幸介《こうすけ》に、お母さんはまたため息《いき》をついたものの、それ以上《いじょう》は何も言わず、ひとりでボンテンをさがしにいった。

幸介《こうすけ》はそっぽをむいていたけれど、心の中では「お母さんがボンテンを見つけて、連《つ》れてかえってきてくれればいい」と思った。

でも、願《ねが》いはかなわなかった。

帰ってきた時、お母さんはひとりだったのだ。

「いないわ。ボンテン様《さま》が行きそうな場所《ばしょ》は全部《ぜんぶ》行ってみたんだけど。……だれも、ボンテン様《さま》を見てないって言ってたわ」

「ふうん。そうなんだ。ま、そんなに気にすることないと思うよ」

幸介《こうすけ》はわざとなんでもないふりをした。

その日、ボンテンがいない大島家《おおしまけ》は、とても静《しず》かだった。

ごはんをゆっくり食べられて、おふろにのんびり入れるなんて、本当にひさしぶりのことだった。トイレをじゃまされることもないし、自分の好《す》きなテレビ番組を見られる。
でも……。
とてもわびしかった。
自分のむねのあたりに、
ぽっかりと大きなあながあいて、
すうすうと空気がぬけて
いっているような感《かん》じがした。
「ボンテン……どこにいるんだよ。
ぼくも悪《わる》かった、のかな?
いや、悪《わる》いことをしたのは
ボンテンであって……
ああ、もう!」

あらためて、ボンテンのそんざいの大きさを感《かん》じながら、幸介《こうすけ》はほとんどねむれないまま、朝をむかえた。

よく日、むすっとした顔をして朝ごはんを食べている幸介《こうすけ》に、お父さんが静《しず》かに声をかけてきた。

「これは幸介《こうすけ》とボンテン様《さま》の問題《もんだい》だから、お父さんはよけいなことはしない。お母さんも、これ以上《いじょう》、口を出しちゃだめだ。ただね、幸《こう》介《すけ》。これだけは言っておくよ。本当に大切なものはなにか、本当にいやなことはなにか、むねに手をあてて、よく考えてごらん。そうすれば、どうすればいいか、ちゃんとわかるはずだから」

そう言って、お父さんは仕事《しごと》に出かけていった。

きゅっと、幸介《こうすけ》はくちびるをかんだ。

本当に大切なもの……。

お父さんに言われるまでもなく、ちゃんとわかっていた。

「……しょうがないか」

まだモヤモヤしているけれど、これが消《き》えるのを待《ま》ってなんかいられない。ぐずぐずしていたら、ボンテンのことを本当に失《うしな》ってしまうかもしれない。そんなこと、考えるだけでもぞっとする。

ラッキーなことに、今日は土曜日で、学校は休みだ。

このままボンテンをさがしにいこうと、幸介《こうすけ》はついに決心《けっしん》した。

大急《おおいそ》ぎで服《ふく》を着《き》がえ、外に行こうとしたまさにその時だ。

ピンポン、と、げんかんのインターホンが鳴った。

「ボンテン？」

「ボンテン様《さま》？」

ボンテンが帰ってきてくれたのかと、

四　かみさま、こばまれました

幸介《こうすけ》もお母さんも、びゅんっと、げんかんに飛《と》んでいった。

でも、ドアを開《あ》けて、ふたりともがっかりした。

そこにいたのは、幸介《こうすけ》のクラスメートの知己《ともき》だったのだ。

ボンテンでなかったこと、今いちばん会いたくなかった相手《あいて》だったことに、幸介《こうすけ》は顔がゆがみそうになった。それを必死《ひっし》でこらえて、幸《こう》介《すけ》は小さく言った。

「知己君《ともきくん》、どうしたの？」

「おはよ、幸介《こうすけ》」

にやっと、知己《ともき》は笑《わら》った。

「幸介《こうすけ》のお母さんもおはようございます。今日はちょっと幸介君《こうすけくん》に用があって、会いにきました」

「あら、そうなの？　いらっしゃい。えっと、幸介《こうすけ》、知己君《ともきくん》にあがっ

てもらったら？」

幸介《こうすけ》はあわてて首を横《よこ》にふった。

「悪《わる》いけど、ぼく、これから出かけなきゃいけないから。用事《ようじ》はまた今度《こんど》でいい？」

ところが、知己《ともき》は食いさがってきた。

「今度《こんど》じゃだめなんだ。今すぐじゃないと。だいじょうぶ。すぐに終《お》わるから。幸介君《こうすけくん》にプレゼントがあるから、もらってほしいんだよ」

「プレゼント？」

「そう。これさ」

知己《ともき》が差《さ》し出してきたのは、小さな玉だった。どんぐりくらいのサイズで、ぴかぴかとした金色だ。

「これはキンラ様《さま》のたまごだよ。今朝、キンラ様《さま》が生んだんだ」

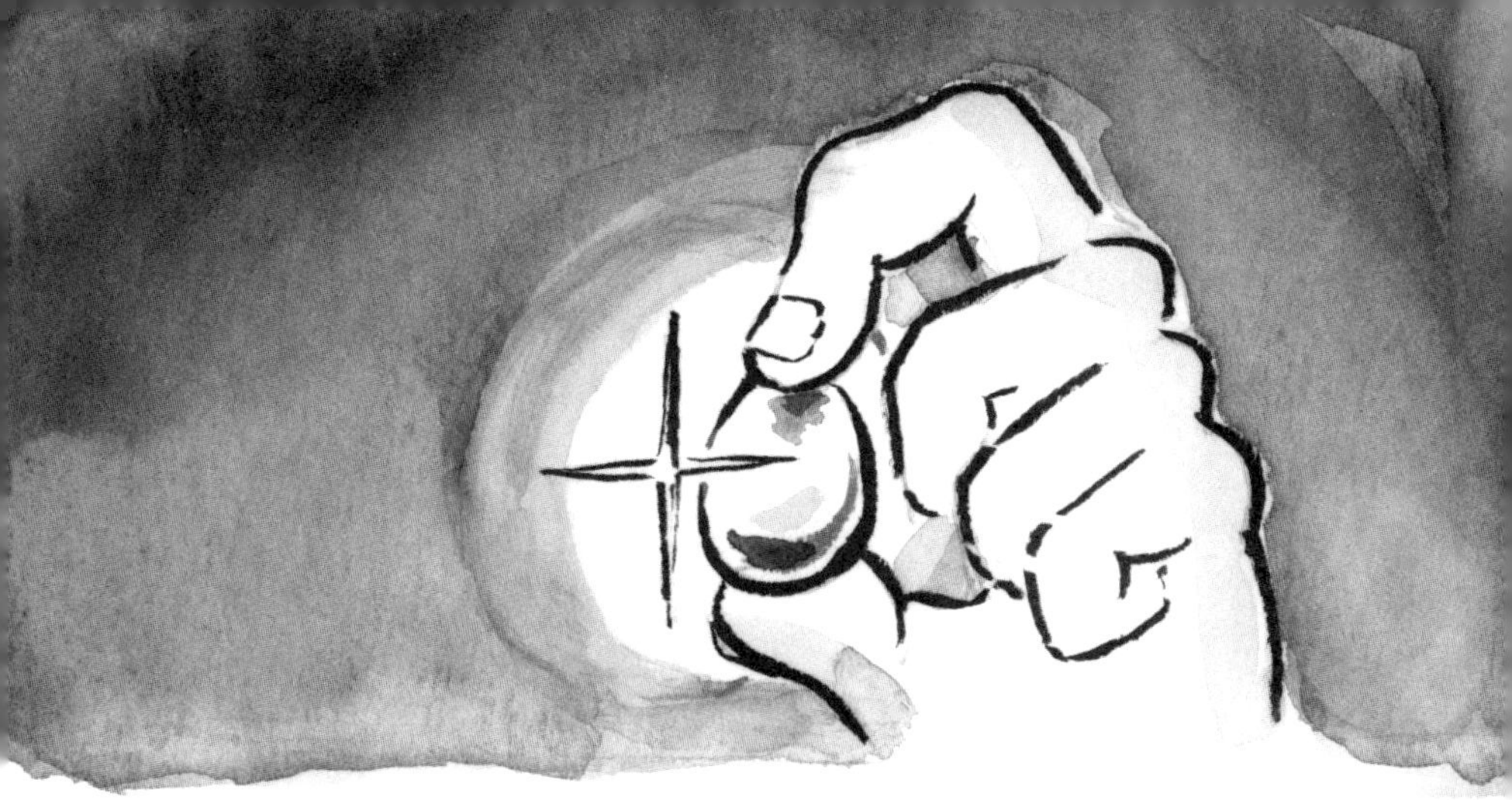

「えっ？」
「ほら、みんながあれこれキンラ様《さま》にお願《ねが》いごとをしただろ？　そのとき、お金もはらってきただろ？　そのお金を食べて、キンラ様《さま》は力をつけたんだ。これからどんどんたまごを産《う》んで、守《まも》り神《がみ》をふやしていってくれるって」
「……………」
「でも、ぼくのところだけ幸《しあわ》せになるのもよくないからね。だから、ぼく、キンラ様《さま》の卵《たまご》を、あちこちの家にくばるつもりなんだ。そうすれば、みんな幸《しあわ》せになれる。お金持《かねも》ちにだってなれるから、すごくよろこぶと思うんだ」

「え、お金持《かねも》ちに？」

幸介《こうすけ》のお母さんの目がきらっと光った。

うれしげに知己《ともき》はうなずいた。

「そうですよ。どんなお願《ねが》いごとだって、このかみさまはかなえてくれるんです。ね、幸介《こうすけ》？　ぼくの言葉《ことば》がうそじゃないって、きみもよく知ってるだろ？」

「ほんとなの、幸介《こうすけ》？」

お母さんに聞かれ、幸介《こうすけ》はしぶしぶうなずいた。

「うん。みんなのお願《ねが》いごとをかなえてた」

「うそ！　それって、すごいじゃないの！　いいなあ。キンラ様《さま》って、すごいかみさまなのねえ！　じゃ、そのたまごから生まれてくるかみさまも、やっぱりすごい力を持《も》っているのかしら？」

「もちろんです」

「すてきね！　うーん。うちにはもうボンテン様《さま》がいるけどぉ……お友達《ともだち》がふえたら、ボンテン様《さま》もよろこぶんじゃないかしら。ね、そう思わない、幸介《こうすけ》？」

ますますお母さんの目がきらきらと、いや、ギラギラとしてきた。

お母さんは、かなりこのたまごがほしくなっているようだ。

知己《ともき》はにやつきながら、幸介《こうすけ》にたまごをつきつけてきた。

「この最初《さいしょ》のたまごは、ぜったいに幸介《こうすけ》にあげようと思ったんだ。ほら、受《う》けとりなよ。がまんなんかしなくていいんだから。本当はほしかったんだろ？　キンラ様《さま》みたいな守《まも》り神《がみ》がほしかったんだろ？　自分の望《のぞ》みをかなえなよ、幸介《こうすけ》」

知己《ともき》の言葉《ことば》に、幸介《こうすけ》は心がぐらぐらした。

お母さんは期待《きたい》にみちたまなざしをそそいでくるし、ボンテンのためにも、友達《ともだち》になれる守《まも》り神《がみ》がふえるのはいいことかもしれない。

いや、そんなのはただの言いわけだ。

幸介《こうすけ》はこのたまごがほしかった。キンラ様《さま》みたいな守《まも》り神《がみ》がほしいと、本当はずっと思っていたから。

思わず、指《ゆび》がぴくりと動《うご》いた。

そんな幸介《こうすけ》の気持《きも》ちを読んだのか、知己《ともき》が勝《か》ちほこったように言った。

「そうだよ。すなおに受《う》けとりなよ。ほしいものをほしいって言うのは悪《わる》いことじゃないんだ。キンラ様《さま》も言ってたよ。このたまごを手に入れれば、きみの家はお金持《かねも》ちになれる」

「…………」

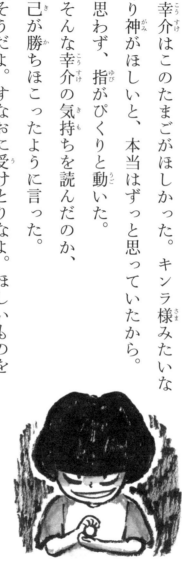

「それに、めんどうなお世話《せわ》なんか、いっさいいらないんだ。キンラ様《さま》とぼくを見て、わかっているだろ？　ボンテン様《さま》とは大ちがいだって。どう考えても、手間のかからない守《まも》り神《がみ》のほうが楽でいいよ。役《やく》立《た》たずの守《まも》り神《がみ》なんか、さっさと家から追《お》いだすべきなんだ」

幸介《こうすけ》、そして幸介《こうすけ》のお母さんは、びくっと体をこわばらせた。

「役立《やくた》たず……」

「うちのボンテン様《さま》が……役立《やくた》たずですって？」

ざっと、空気が一変《いっぺん》した。みょうにすわった目つきになりながら、お母さんが低《ひく》い声で幸介《こうすけ》に言った。

「幸介《こうすけ》。たぶん、幸介《こうすけ》はお母さんと同じ気持《きも》ちよね？」

「うん、お母さん」

「じゃ、あとはよろしく」

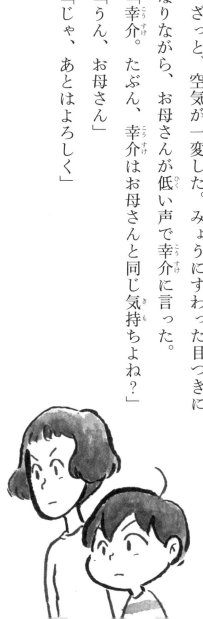

「うん」

同じくらい低《ひく》い声で返《かえ》したあと、幸介《こうすけ》は知己《ともき》をまっすぐ見て、すうっと息《いき》をすいこんだ。そして……。

「いいかげんにしろ！」

幸介《こうすけ》はものすごい声を放《はな》った。

「じょうだんじゃないよ！　人んちの守《まも》り神《がみ》の悪口《わるぐち》を言うなんて、どういうつもりだよ！　言っとくけど、ボンテンは全然役立《ぜんぜんやくた》たずじゃないからね！　大島家《おおしまけ》のりっぱなかみさまなんだ！　だれが追《お》いだしたりなんかするもんか！　ボンテン以外《いがい》の守《まも》り神《がみ》なんて、いらない！　そんなたまご、とっとと持《も》ってかえってよ！」

「そうよそうよ！　いいぞ！　もっと言っちゃえ、幸介《こうすけ》！」

どなる幸介《こうすけ》と、それにエールを送《おく》る幸介《こうすけ》のお母さんに、知己《ともき》は目を白黒させた。返《かえ》す言葉《ことば》が見つからないようすだ。

かわりに、別《べつ》の声が高らかにひびいた。

「乳母《めのと》――！」

ぼーん。

ボールがはずむようにして、ボンテンが空からまいおりてきた。

五 かみさま、かえってきました

「よくぞ言うた！　それでこそ、われの乳母《めのと》じゃ！」

「ボンテン！」

「ボンテン様《さま》！　帰ってきてくれたんですね！」

よろこぶ幸介《こうすけ》とお母さんにうなずきかけてから、ボンテンは知己《ともき》に向《む》き直った。

と、いきなりジャンプし、知己《ともき》の手からキンラ様《さま》のたまごをはたき落《お》としたのだ。

たまごは地面《じめん》に落《お》ち、ぐしゃりとわれてしまった。

「うわあああ、なにするんだ！」

知己《ともき》が悲鳴《ひめい》をあげ、幸介《こうすけ》とお母さんは青ざめた。

「ボ、ボンテン。さすがに、たまごをわるのはひどいんじゃ……」

「そうですよ。やりすぎですよ」

「なにをのんきなことを！　それは守《まも》り神《がみ》などではないわ！　それ、よく見てみよ！」

くわっとさけびながら、ボンテンはたまごを指《ゆび》さした。

われたたまごからは、ねばねばした緑色《みどりいろ》のものが流《なが》れでてきていた。

そして、それにまじって、何かがもぞもぞと動《うご》いていた。黒くて、長くて、ぎょろりとした目が四つついていて、ムカデみたいに足がたくさん生えているものだ。

「え、虫？」

幸介《こうすけ》はぞっとした。

でも、虫が大きらいなお母さんはそれ以上《いじょう》だった。

「いやあああああっ！」

お母さんは風のように家の中ににげこんでしまった。

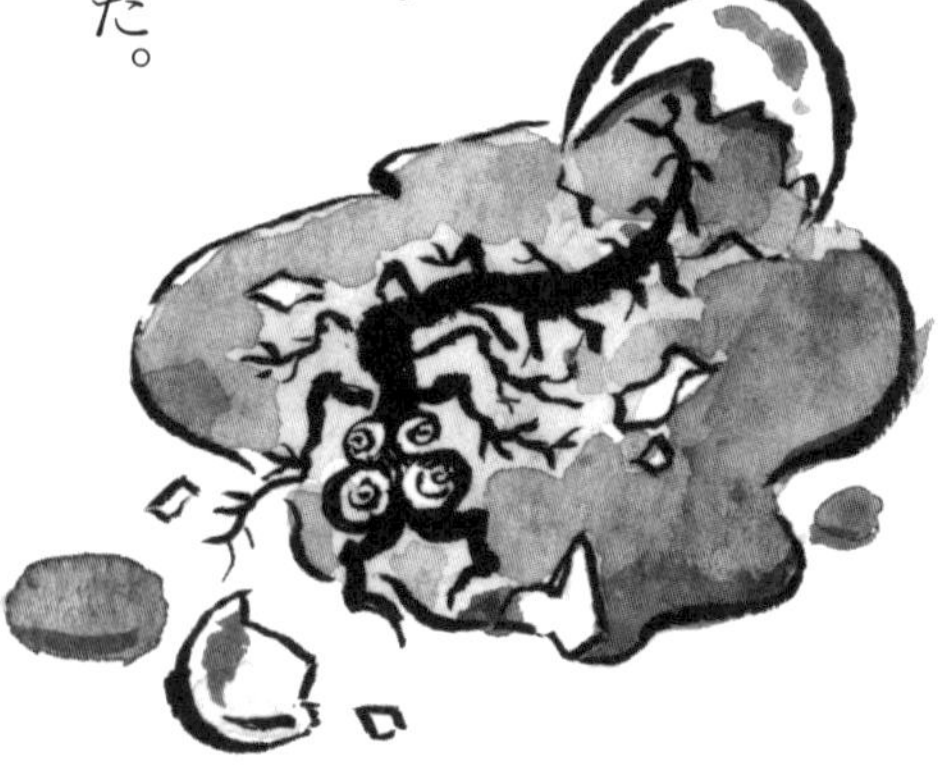

チャリン。

ふいに、お金が落《お》ちるような金属的《きんぞくてき》な音がしたかと思うと、知己《ともき》のズボンのポケットからキンラ様《さま》のつぼが飛《と》びだしてきた。そのふたが開《ひら》き、しゅっと、黒くて細い手が出てきた。

手は例《れい》の虫みたいなものをつまみあげると、すばやくつぼの中にいっしょに引っこんでいった。

幸介《こうすけ》は目を白黒させながら、ボンテンにささやいた。

「ボ、ボンテン。今のは、なに？　あれがかみさま？」

「ふん。あれが神《かみ》であるものか。あれはただの金食い虫じゃ！」

「金食い虫？」

「そうじゃ。人間から欲《よく》とお金をすいとっていく妖怪《ようかい》の一種《いっしゅ》じゃ！　願《ねが》いをかなえると見せかけて、最終的《さいしゅうてき》には人間を不幸《ふこう》にするやつじゃ！」

なんてこったと、青ざめながら、幸介《こうすけ》はキンラ様《さま》の、いや、金食い虫のつぼを見た。そして、はっとした。

金食い虫のつぼを、知己《ともき》がしっかりと守《まも》るようににぎりしめていたのだ。おまけに、よけいなことをしたと言わんばかりに、ボンテンのことをにらんでいる。

知己《ともき》はキンラ様《さま》の正体を知っていたんだと、幸介《こうすけ》はさとった。思わず幸介《こうすけ》は声をはりあげた。

「キンラ様《さま》が金食い虫だって、最初《さいしょ》からわかってたんだね！　なのに、みんなに金食い虫のことをすすめたんだ！　ぼくにもたまごをよこそうとして！　信《しん》じられない！　ぼくらに金食い虫を取《と》りつかせようとするなんて！」

一瞬《いっしゅん》はひるんだものの、知己《ともき》はすぐに言い返《かえ》してきた。

「そ、それのどこが悪《わる》いんだよ？　金食い虫だろうとなんだろうと、お金や幸運《こううん》をくれるなら、かみさまと一緒《いっしょ》だろ？」

「何言ってるのさ！」

「キンラ様《さま》はぼくにとってはいいかみさまなんだ。ぼくを幸《しあわ》せにしてくれた。だから、ぼくのほうも、キンラ様《さま》の言うことを聞かなきゃいけない。……キンラ様《さま》は仲間《なかま》をふやしたがっているんだ。だから、ぼくはたまごをくばらなくちゃ」

「でも、ボンテンが今言っていただろ？　金食い虫は人を不幸《ふこう》にするって。そんなのがふえたら、みんなは不幸《ふこう》になっちゃうんだよ？」

「……ほかの人なんか、知ったこっちゃないよ。キンラ様《さま》はぼくだけは大切にしてくれるって、約束《やくそく》してくれた。ぼくが幸《しあわ》せなら、それでいいじゃないか」

あまりに自分勝手《かって》な言葉《ことば》に、幸介《こうすけ》はかっとなり、知己《ともき》に飛《と》びかかりそうになった。

そのときだ。

ボンテンが口を開《ひら》いた。

「本気でそう思うておるのか？」

静《しず》かな、でもいかりに満《み》ちた声だった。いつものボンテンとはちがう、ずっしりとした重《おも》みのある声に、幸介《こうすけ》も知己《ともき》も、体をしばりつけられるような力を感《かん》じた。

小さくふるえだす知己《ともき》を見つめながら、ボンテンはゆっくりと言った。

「金食い虫は神《かみ》ではない。その言葉《ことば》にまことはない。約束《やくそく》など、すぐにやぶる。金食い虫にとって大切なのは、たくさんの欲《よく》をむさぼることだけじゃ。おぬしのことだって、極上《ごくじょう》のごちそうとして育《そだ》てているだけじゃ。おぬしの欲《よく》をふくらませるだけふくらませてから、一気にえじきにするつもりなのじゃぞ」

「ち、ちがう！　キンラ様《さま》はぼくにそんなことしない！」

知己《ともき》が言い返《かえ》した時だ。

知己《ともき》が持《も》っているつぼのふたが少しずれ、中から声がひびいてきた。

「なにをぐずぐずしているのだぁぁぁ、知己《ともき》ぃぃぃ。ここはもういいぃぃぃ。ぐずぐずしないで、次《つぎ》の家にたまごをくばりにいくぞぉぉぉ」

耳のおくをジャリジャリとひっかくような、ぞっとするような声だった。

幸介《こうすけ》はぶるりと身《み》をふるわせた。声を聞くだけでも、金食い虫の邪《じゃ》悪《あく》さは感《かん》じ取《と》れた。

なのに、知己《ともき》は金食い虫のつぼを手放《てばな》そうとしない。

それどころか、「はい、キンラ様《さま》」と言って、幸介達《こうすけたち》にせを向《む》け、歩き出そうとした。

行かせてはいけない。他《ほか》の家にたまごをくばらせてはいけない。

幸介《こうすけ》はあせったが、ボンテンはちがった。今度《こんど》はおだやかで、やさしい声で知己《ともき》に話しかけたのだ。

「知己《ともき》どの。行ってはだめじゃ。行ったら、もどれなくなる。なぜなら、人を踏《ふ》みつけにして手に入れる幸運《こううん》は、本物《ほんもの》ではないからじゃ。うらみや悲《かな》しみがまじったどす黒いものじゃ。それらはやがて大きな災《わざわ》いとなって、おぬしのもとにふりかかってくるぞよ」

「わ、災《わざわ》い？」

「うそだぁぁぁ。耳をかすなぁぁぁ。おまえは、わがはいの言うことだけを聞いていればいいのだぁぁぁ。役立《やくた》たずの守《まも》り神《がみ》など、相手《あいて》にするなぁぁぁ」

ひるむ知己《ともき》に、すかさず金食い虫がかなりたてた。その金食い虫に、ボンテンはりんとした声で言った。

「だまれ、金食い虫！　われは、決《けっ》して役立《やくた》たずではないのじゃ！　ちゃんと、金食い虫が大島家《おおしまけ》に入りこむのをふせいだではないか。それに、われは今、知己《ともき》どのに話しておるのじゃ！　じゃまをするでない！」

「む、むぅぅぅぅっ！」

「知己《ともき》どの。われを見るのじゃ。そうじゃ。このままでは、おぬしには必《かなら》ずしっぺ返《がえ》しが来るのじゃ。じゃが、今ならまだ間に合う。……金食い虫を手放《てばな》すのじゃ、知己《ともき》どの。自分で自分をすくうのじゃ」

知己《ともき》の顔がゆがみ、いまにも泣《な》きだしそうな表情《ひょうじょう》となった。

「だ、だめだ。そんなの、無理《むり》だよ。キンラ様《さま》がいないと、ぼ、ぼくは……」

「そのとおりだあああああ」

ふいに、金食い虫のつぼからぶわっと真《ま》っ黒《くろ》なけむりのようなものがあふれだした。それは幸介《こうすけ》とボンテンをつかまえ、空中に持《も》ちあげた。

「ひえええええっ！　ボンテン！」

「乳母《めのと》！　おのれ！　か、金食い虫！」

「うるさいぃぃぃ！　だまるのは、おまえのほうだぁぁぁ！」

けむりの中に、ぎょろっと、大きな目玉がうきあがった。

「はははははっ！　ぐちゃぐちゃと、うるさいことを言っても、むだなことだあああ。このこどもは、わがはいがいなくては、もはや幸《しあわ》せになれないのだからなあああ。われわれは、いまやひとつだあああ。そうだろう、知己《ともき》ぃぃぃ？」

「うっ……」

ますます泣《な》きそうな顔をする知己《ともき》。

その表情《ひょうじょう》に、幸介《こうすけ》は気づいた。

知己《ともき》はこわがっているのだと。そして心の底《そこ》では、金食い虫のことをいやがっているのだと。

幸介《こうすけ》はけむりを必死《ひっし》でおしのけながら、大きくさけんだ。

「知己君《ともきくん》！　ぼくさ、なんでも手に入れている知己君《ともきくん》がうらやましかったよ。でも……なんか、いつもイライラしていなかった？　ほしいものが手に入っているのに、みんなにちやほやされているのに、満足《まんぞく》してなかったよね？　本当は幸《しあわ》せじゃなかったからだろ？」

「え？」

思ってもいなかったことを言われたとばかりに、知己《ともき》は目を丸くした。

その知己《ともき》に、今度《こんど》はボンテンがよびかけた。

「知己《ともき》どの。人の幸《しあわ》せはそれぞれちがうものじゃ。けれど、どんなものであれ、自分の力で手に入れたものこそ、本物《ほんもの》の幸《しあわ》せとなるのじゃ」

「…………」

「この虫を追《お》いはらえるのは、おぬしだけじゃ。われは大島家《おおしまけ》の守《まも》り神《がみ》で、自分の家族《かぞく》が第一《だいいち》じゃ。それでも、おぬしが不幸《ふこう》になるのはいやじゃ。すくわれてほしいと、心から思う」

ボンテンの言葉《ことば》に、知己《ともき》の目からふいになみだがあふれだした。

そして……。

「キンラ様《さま》は……ぼくには必要《ひつよう》ない。いらない！」

そうさけぶなり、知己《ともき》は持《も》っていた金食い虫のつぼを思いきり地面《じめん》にたたきつけた。

がしゃんと、つぼがこまかくくだけた。

けむりの中の目玉が真《ま》っ赤にもえあがった。

「知己《ともき》ぃぃぃ！　きさま、うらぎったなあああああ！　よくも、わがはいの巣《す》をこわしおったなあああ！」

「わあああああ！　ひゃあああああ！」

「**ゆるさんぅぅぅ！**」

悲鳴《ひめい》をあげる知己《ともき》に、黒いけむりはおそいかかろうとした。

「知己君《ともきくん》！　ああ、ボンテン！　助《たす》けてあげて！」

「そ、そうしたいのは山々《やまやま》じゃが、このけむりが！　おのれ！　けむりの分際《ぶんざい》で、なぜこうもしっかりと、こちらの動《うご》きをふうじてくるのじゃ！」

ボンテンと幸介《こうすけ》がじたばたもがく間にも、金食い虫のけむりは知己《ともき》を包《つつ》みこみ、知己《ともき》の鼻《はな》や耳の穴《あな》からずるずると中に入りこみはじめた。知己《ともき》の目がみるみるきょうふでにごり、そして光を失《うしな》いだした。

本当にもうだめかと思われた。

このときだ。

バーンと、玄関《げんかん》のドアが開《ひら》いた。

スーパー
プロ用
プロ用

そこに立っていたのは、完全武装《かんぜんぶそう》した幸介《こうすけ》のお母さんだった。

「これでも食らええええええっ！」

おたけびとともに、お母さんは両手《りょうて》に持《も》っていた超強力《ちょうきょうりょく》ゴキブリたいじスプレーを、黒いけむりにあびせかけた。

ぎゃあああああああっ！

ものすごい悲鳴《ひめい》をあげて、黒いけむりが大きく身《み》をくねらせた。それでも、お母さんはようしゃなくスプレーをふきかけていく。その白いけむりと黒いけむりとが入りまじり、もうもうとしたうずが生まれ、なにもかもが見えなくなった。

そして、ようやくけむりがうすれた時には、金食い虫も、つぼのはへんも、全《すべ》て消《き》えていた。

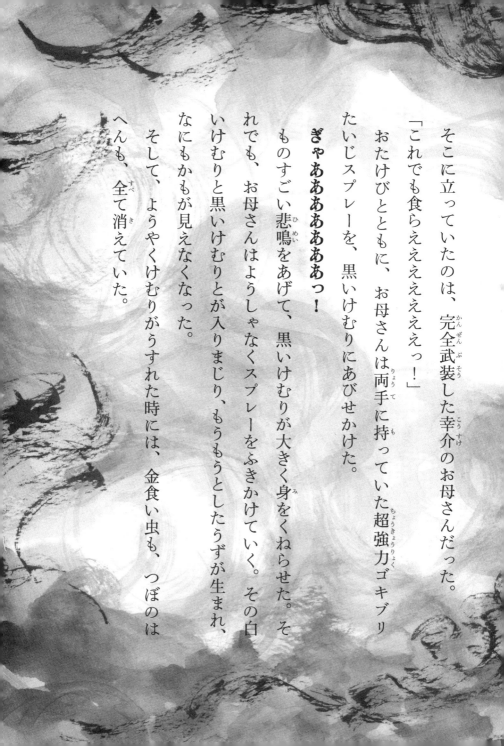

エピローグ

地面《じめん》に投《な》げだされ、しりもちをついている幸介《こうすけ》とボンテンに、お母さんがかけよってきた。

「だ、だいじょうぶ、幸介《こうすけ》？　ボンテン様《さま》も無事《ぶじ》ですか？」

「うん、お母さん。ありがとう！」

「よくやってくれたのじゃ、母上どの！」

「えへ。相手《あいて》が虫なら、このスプレーでやっつけられるかなと思って。ききめがあって、よかったです。虫にしかきかないスプレーなんだけど、ふたりとも、目や鼻《はな》はいたくない？」

「だいじょうぶだよ。お母さん、かっこよかった！」

「うむ。これから、母上どののことは『すぺしゃる虫たいじの女神《めがみ》』とよばせてもらうのじゃ」

「それはいやです！　まっぴらです！」

きっぱり言ったあと、お母さんは別《べつ》のほうに目を向《む》けた。
そこには、知己《ともき》がぼうっとした顔をしてすわりこんでいた。
幸介《こうすけ》も知己《ともき》に気づき、急《いそ》いで声をかけた。
「知己君《ともきくん》！　だいじょうぶ？」
「う、うん。平気《へいき》。なんだか……すごくすっきりした気分。体も軽《かる》く
なったみたい」

「金食い虫が去《さ》って、憑《つ》き物《もの》が落《お》ちたからじゃ。……もう他《ほか》の人が不《ふ》幸《こう》になってもかまわないとは思わぬであろう?」

「うん」

こくりとうなずく知己《ともき》に、ボンテンがほっとしたように笑《わら》った。

「よしよし。なによりじゃ。よく自分からつぼを手放《てばな》したのぅ。母上どのに勝《まさ》るともおとらぬおてがらじゃったぞ!」

「……ボンテン様《さま》のおかげだよ」

「われの?」

「うん。さっきのボンテン様《さま》の言葉《ことば》が、なんか、心にひびいたんだ。ぼくにすくわれてほしいって……。ボンテン様《さま》って、やっぱり、すごいんだね」

「そうとも。われはすごいのじゃ! えへん!」

さっそくいばるボンテンに、知己《ともき》は泣《な》き笑《わら》いのような表情《ひょうじょう》となった。

「ぼくはずっと幸介《こうすけ》みたいになりたかった。……幸介《こうすけ》がうらやましかったんだ。ぼくと同じように目立たない子のくせに、いきなり、守《まも》り神《がみ》を手に入れるなんて、ずるいなって。それって、すごく特別《とくべつ》ってことだから」

「え、ぼくって、目立たないの？」

びっくりする幸介《こうすけ》の横《よこ》で、お母さんは「目立とうが目立つまいが、うちの幸介《こうすけ》は世界一《せかいいち》よ」と、むねをはって言った。

と、ボンテンがくすくす笑《わら》いだした。

「いや、すまぬ。乳母《めのと》のことではないぞよ。知己《ともき》どのがあまりにおかしなことを言うから、ついつい笑《わら》ってしもうた。おほん。知己《ともき》どの、どの家にも守《まも》り神《がみ》はいるのじゃ。もちろん、おぬしの家にもいるはずじゃ」

「えっ？」

「小さすぎて、目に見えないこともあるが、家の者達《ものたち》ががんばっていれば、次第《しだい》に大きく強い神《かみ》となる。そして、ここぞというときに手助《てだす》けをする。だから、まずは、神《かみ》が手助《てだす》けしたくなるような、そんな人間になるとよいぞよ」

「でも、ボンテン様《さま》は……」

「われは、大島家《おおしまけ》のがんばりがたまったことによって、ここにみちびかれたのじゃ。われが選《えら》んだのではなく、大島家《おおしまけ》がわれを招《まね》き寄《よ》せたのじゃ」

その言葉《ことば》に、幸介《こうすけ》とお母さんは胸《むね》が熱《あつ》くなり、思わずボンテンをだきよせた。

ふたりにだきしめられ、ボンテンはうれしそうに耳をぱたぱたさせた。

そのすがたを見て、知己《ともき》は何かを決意《けつい》したように立ちあがった。

「今日は本当にごめんね。ぼく……もう帰るよ。帰って、学校のみん

なにあやまる方法《ほうほう》を考える。それに、みんなからもらったお金はぜんぶキンラ様《さま》が食べちゃったから、これから少しずつみんなに返《かえ》していかないと」

「うん。それがいいね。……じゃ、また学校でね」

「うん、またね」

知己《ともき》が帰ったあと、幸介達《こうすけたち》は家の中に入り、オレンジジュースで一ぱいやった。

そして、人心地がついたところで、幸介《こうすけ》はボンテンにあやまった。

「ボンテン、昨日《きのう》はごめんよ。あんなこと、言っちゃって……」

「いや、われも悪《わる》かったのじゃ。もうぷらもでえるには決《けっ》してふれぬと、約束《やくそく》するのじゃ」

「うん。……昨日《きのう》はどこに行ってたの？」

「ヒマロどののところにおとまりしてきたのじゃ。もっと長くいようかと思うたが、やはり他《ほか》の家というのは落《お》ちつかなくてのう。夜はヒマロどののくしゃみで、やけどをしそうになったし。これはかなわぬと、帰ることにしたのじゃ。ほれ、見よ。少ししっぽがこげてしまったのじゃ」

「このばんそうこうがはってあるところ？」

「そうじゃ。まひるどのに手当てしてもらったのじゃ。

あの子は本当にやさしくてよい子じゃのう。

われ、あの子が好《す》きじゃ」

「ふうん」

ちょっとおもしろくなくて、幸介《こうすけ》は口をとがらせてしまった。

と、ボンテンが真顔《まがお》になった。

「でものぅ……まひるどののそばにいても、われ、さびしかったのじゃ。やはり、この家がいちばんじゃ。われの家族《かぞく》がいちばんじゃ。……乳母《めのと》は？　どうであった？」

不安《ふあん》そうにたずねてくるボンテンに、幸介《こうすけ》はすなおに言葉《ことば》を返《かえ》した。

「うん。ぼくもさびしかった。それに、ボンテンのことが心配《しんぱい》だったよ。……おかえり、ボンテン」

「ただいま、乳母《めのと》。だっこして」

「うん」

飛《と》びついてきたボンテンを、幸介《こうすけ》は大好《だいす》きという気持《きも》ちをこめてだきしめた。

そして、その夜。
ボンテンのこしのところに、
「成《せい》」という新たな神印《かみじるし》が
うかびあがったのだった。

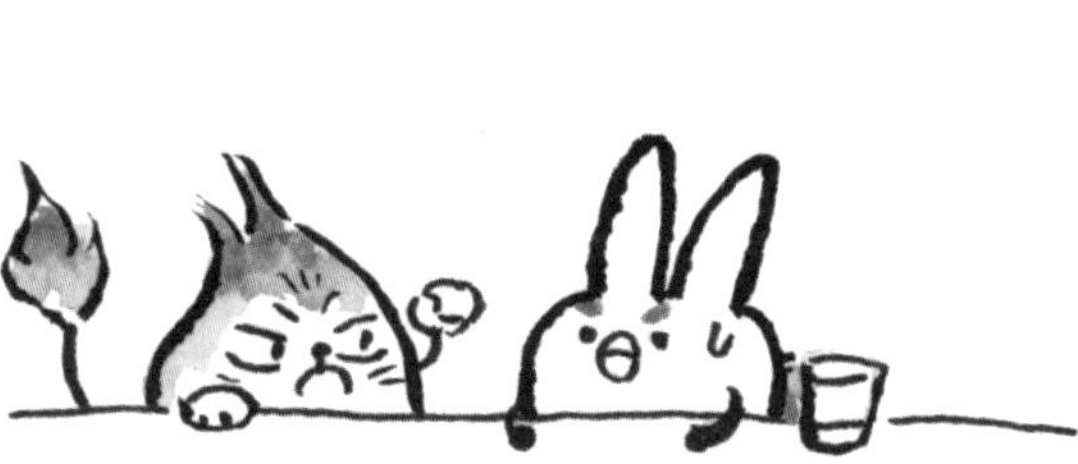

作

廣嶋玲子

ひろしま れいこ

神奈川県横浜市生まれ。『水妖の森』(岩崎書店)でジュニア冒険小説大賞を受賞、デビュー。作品に「ふしぎ駄菓子屋銭天堂」シリーズ(偕成社)「十年屋」シリーズ(静山社)「鬼遊び」シリーズ(小峰書店)「秘密に満ちた魔石館」シリーズ(PHP研究所)「かみさまのベビーシッター」シリーズ(理論社)『狐霊の檻』(小峰書店)等多数。

絵

木村いこ

きむら いこ

奈良県生まれ。イラストレーターのかたわら、漫画家としても活躍中。絵本作品に『おてがみであいましょう』(木村セツと共著/理論社)が、絵の作品に『コケシちゃん』(フレーベル館)など主に児童書が、漫画作品には『夜さんぽ』(徳間書店)『午前4時の白パン』(ぶんか社)『きなこもち』(マッグガーデン)等がある。

かみさまのベビーシッター4

かみさまのベビーシッター

かみさまの家出

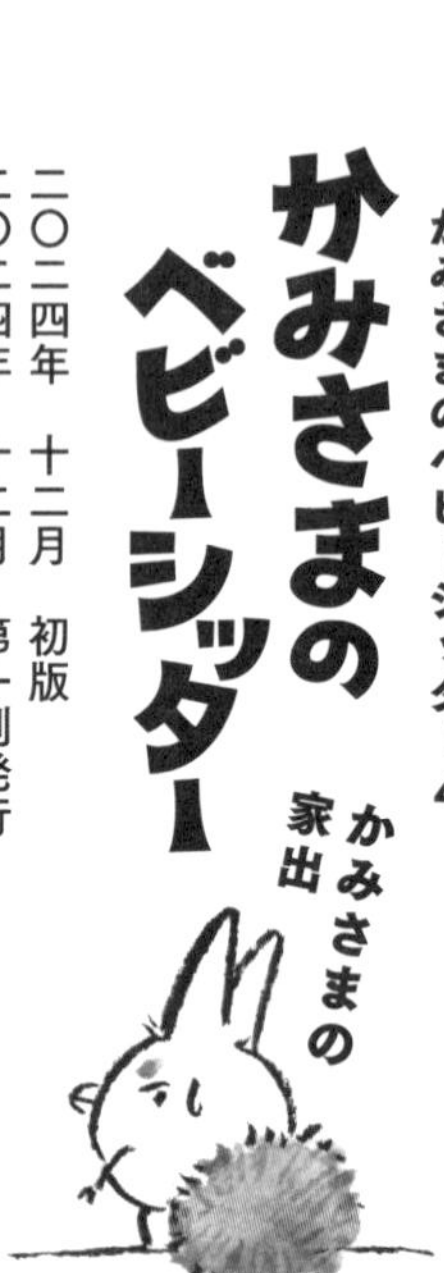

二〇二四年　十二月　初版
二〇二四年　十二月　第一刷発行

作者　廣嶋玲子
画家　木村いこ
発行者　鈴木博喜
編集　郷内厚子
発行所　株式会社　理論社
〒一〇一－〇〇六二　東京都千代田区神田駿河台二－五
電話　営業〇三－六二六四－八八九〇
編集〇三－六二六四－八八九一
URL　https://www.rironsha.com
デザイン　アルビレオ
印刷・製本　中央精版印刷

©2024 Reiko Hiroshima & Iko Kimura Printed in Japan
ISBN978-4-652-20649-2 NDC913 111p 21×16cm A5変型
落丁・乱丁本は送料当社負担にてお取り替えいたします。
本書の無断複製（コピー、スキャン、デジタル化等）は著作権法の例外を除き禁じられています。私的利用を目的とする場合でも、代行業者等の第三者に依頼してスキャンやデジタル化することは認められておりません。